7

*Lk 1399.*

# L'ANTI-ROVSSEL

## AV NOM DV PEVPLE
### DE BRETHEVIL.

## Par T. D. C. S. D. P.

Αχοίκυ μὴ καταφρός ρητορ⊙. *Id est. Rusticanum ne*
*contempseris Rhetorem.* Erasm. in ad. ch. 2. Cent. 6.

## A BAYEVX,
### Par Nicolas L'Ermite.

## M. DC. XXII.

# AV LECTEVR.

VN iour de feſte le peuple de Bretheüil conuié par la douceur & ſe-
renité du tẽps, s'eſtoit allé pourmener dãs
leur ſpacieux & verdoyãt friche ſitué prés
de leur ville le long de la foreſt, ſe ſeparãt
en pluſieurs bandes pour s'exercer en di-
uers paſſe-temps, les vns ioüant au palet,
à la doucine, au cochonnet, les autres à la
boulle, au ſas, & aux quilles, la meilleure
& plus ſerieuſe compagnie s'eſtoit aſſiſe à
l'ombre d'vn fouteau qui regardoiẽt ioüer
les autres, s'entretenans de pluſieurs diſcours & deuis familiers ſelon la ſaiſon,
& ne faiſoient quaſi que commencer lors
qu'vn courrier tout eſchauffé portant
pour marque de ſa diligence la ſueur & la
poudre au front, s'aduança vers eux, le-

quel presenta au plus aparant de la compagnie, vn petit liuret intitulé, Remer-
cimét au peuple de Bretheüil, sur les
eaux de contradiction. Par le R. P. F.
CHARLES ROVSSEL Docteur
en Theologie à Paris, de l'ordre des
Freres Prescheurs du Conuent sainct
Loüis d'Eureux, enuoyé, se disoit-il, de
la part dudit Roussel : alors vous eussiez
prins plaisir à voir vn chacun courir en
haste pour sçauoir ces nouuelles, quittàns
leurs ieux imparfaits ( qui fut cause que
quelques frippons songeans plus à leur
profit qu'aux nouuelles, coururent aux
enjeux qui estoient restez & en firent leur
propre ) mesme vne grande troupe de femmes & filles qui dançoient proche de là
en rond aux chansons, excitées par le doux
gasouil du ioly rossignol qui leur seruoit de
balladin, se separa promptement pour ac-
courrir vers ce nouueau courrier. Par ha-

sard se trouua en la compagnie vn certain
Docteur empirique nommé Tabarin, qui
auoit estallé le iour precedēt en plein mar-
ché sa science, discourant des vertus &
proprietez de son huile du soleil, & de son
vnguent virginal, tout le peuple d'vn
commun accord luy donna la voix pour
faire lecture de ce liuret, à cause de la fa-
cilité qu'il auoit de haranguer. Lors qu'il
commença à lire le tiltre tout le peuple fit
de grādes exclamations en signe de ioye &
de liesse, louant la souuenance de ce bon Pere, & quasi regrettant auoir si peu recom-
pensé le merite d'vn si grand personnage.
La lecture de l'epistre diminua beaucoup
la bonne opinion qu'on en auoit conceuë,
& la suitte de son discours acheua de tout
gaster, le peuple ayant entendu les epitetes
ridicules & desaduantageuses que le pere
Rousset luy donnoit, & la calomnie qu'à
tort il vouloit leur imputer, recogneut

aussi tost que le discours de son liure de-
mentoit le beau & specieux tiltre qu'il
luy auoit donné, ce fut lors qu'vn chacun
commença de murmurer contre luy. Quelques vns plus posez & moins passionnez
taschoient par leurs remonstrances à ap-
paiser ce bruit & ce scãdale, mais en vain;
car les femmes curieuses de sçauoir la verité du fait, aborderẽt en gros le sieur Tabarin, & luy demanderẽt l'interpretation
de quelques mots Latins qu'elles auoient
ouys. Entre autres de ce prouerbe antien,
Vox populi, vox stultorum, & leur
ayant dit que cela vouloit dire. La voix
du peuple, la voix des sots. recommen-
cerent de nouueau à exciter le murmure,
& croy que si monsieur le courrier ne se
fust retiré en diligence, ils l'eussent tant
frotté & estrillé qu'ils eussent deschiré &
mis en pieces, ou du moins luy ~~eussent~~
~~~~ tant. elles es-

toient outrees de deſpit & de rage, & ne ſe
fuſſent iamais appaiſees ſans la promeſſe
que feirent leurs maris de repouſſer ceſte
injure par quelque replique contenát leur
iuſtification.

Ceſt ce diſcours (amy Lecteur) qu'un
de mes plus intimes amis m'a enuoyé, lequel i'ay deſiré mettre ſous la preſſe pour
contenter les eſprits curieux de ce temps,
& pour entretenir ceux qui par trop de
loiſir ſ'amuſent à rongner leurs ongles
auec les dents. Que ſi on y remarque peu
de doctrine & d'elloquence, il faut excu-
ſer l'ignorance d'une populace. Vale &
lætare.

L'ANTI-

# L'ANTI-ROVSSEL AV
## NOM DV PEVPLE
### DE BRETHEVIL.

NOvs auons receu le difcours qu'il vous a
pleu nous enuoyer en forme de remercie-
ment (tres-deuot & eloquent pere Rouffel) nous
l'auons leu & releu auec attention, efperât y trou-
uer quelque bonne inftruction pareille à celles
que vos doctes & eloquentes Predications nous
ont enfeigné, & croyant que touché de reffenti-
ment de noftre attention & aumofnes, bien que
petites à la verité, vous vouliez nous obliger de
cefte reffouuenance : Mais plus nous auôs de prés
efpluché vos difcours, d'autant plus auons-nous
remarqué que le fujet que vous y traittez dement
le beau & fpecieux tiltre que luy auez donné, que
directement bandé contre l'eftat populaire, vous
voulez fcandalizer noftre fimplicité, nous accu-
fant à faux d'ingratitude & de calomnie : Cela
nous fait croire que vous auez mis ce tiltre à def-
fein de vous en feruir comme d'vne agrape & fine
amorce pour attirer & inuiter les efprits curieux à
la lecture de voftre liure, préuoyant que fi vous
luy euffiez donné le tiltre que merite le fujet, peu
de perfonnes euffent prins plaifir à la lecture d'i-
celuy, ny mefme à l'ouuerture. Imitant en ce point
les charlatans, qui pour vendre & faire eftimer

B

leurs drogues frelattées & sophistiquées, appliquent sur leurs boëttes & fioles certains billets contenans d'admirables & merueilleux effets: possible iugiez-vous que nos esprits grossiers & populaires n'y prendroient garde de si prés, & interpreteroient le tout en bône part; à la verité nostre imbecillité & stupidité l'eust peu faire sans l'aduis du docteur Tabarin, homme froid, homme pozé, & de iugement, tres-expert en son art, qui par hazard se trouua en nostre côpagnie lors qué nous receumes vostre liure. Cet homme hardy à l'interpretation, nous fist voir clairement le blasme que vous donniez au peuple en general, & nous persuada par viues raisons que nous ferions grand tort à nostre bonne renommée ( qui comme disent nos femmes, vaut mieux que ceinture dorée ) si nous faisions la sourde oreille à vos conuices & à vos plaintes iniustement faites contre vn peuple qui n'a eu autre intention que de vous honorer, cherir, & estimer selon vostre merite.

Poussez donques d'vn iuste ressentiment nous auons resolu par vn commun & general aduis, de vous enuoyer ceste replique, non que nous ayons dessein de censurer vostre vie & vos actions, ne pouuant croire que sous vn habit si sainct & si religieux la feintise & dissimulation si peust loger, veu mesme les bonnes & sainctes instructions que vous nous auez données, dequoy nous nous en sentons vos tres-humbles obligez. Nous n'auons aussi intention de reprendre & corriger vostre

ftille & voftre Minerue, commé ayans trop de co-
gnoiffance de voftre feconde & fluide eloquence.
Nous defirons feulement vous remonftrer qu'à
tort vous nous foupçónez de calomnie, & qu'im-
pertinemment vous auez deguifé le prouerbe antien, *Vox populi, vox Dei*, ayant fouftrait le mot de
*Dei*, pour y mettre le mot de *ftultorum*.

Quand pour la calomnie que vous nous impu-
tez, elle confifte en trois points que vous auez remarquez dans voftre epiftre.

Au premier, vous dites que vous ayant ouy
adapter aux predicateurs les paroles de l'efcriture
faincte, *Vos eftis fal terra*, & que fur l'explication
ayant repris les Predicateurs qui vfent en leurs fer-
mons plus de fucre & miel que de fel, nous vous
aurions foupçonné parler de quelque Predicateur voftre deuancier, lequel auoit vfé de fucre
pendant vn Carefme. A cela nous repondons que
tant f'en faut que nous ayons fait ce finiftre iugement, nous aduoüons ingenüement qu'vn Predicateur ne peut commettre grâde offenfe en man-
geant du fucre en Carefme, pourueu que fon intention ne foit d'en vfer par friandife, Tabarin le
prouue par ce paffage. *Quod intrat in os non coinqui-*
*nat animam. Ce qui entre dans la bouche ne foüille point*
*l'ame.* Laiffant à part mille auttes raifons que nous
pourions vous alleguer fur ce point, dont nous
laiffons la decifion aux Docteurs de Sorbonne:
partant nous n'aurions eu nul fujet de vous fou-
pçonner de calomnie vers le Predicateur, puis
qu'en fon action il ne f'y trouue aucune offenfe,

ſa bonne & ſaincte vie teſmoignant aſſez la ſince-
rité de ſes intentions.

Le ſecond point de voſtre plainte conſiſte en
ce qu'aux reproches que vous nous faiſiez dans
vn de vos ſermons, d'auoir chery & eſtimé comme perſonnes grandement rares ceux qui nous
auoient preſché conformement à noſtre humeur
& nos paſſions, & qu'au contraire nous iugions
paſſionnez ceux qui preſchoient auec plus de vio-
lence & ferueur, nous aurions inferé que vous
faiſiez alluſion du meſme Predicateur à vn Apo-
ſtre, pardonnez à noſtre peu de iugement ſi nous
ne pouuons comprendre ceſte conſequence, lors
que vous nous en aurez donné l'eſclarciſſement
nous y repondrons plus amplement.

Le troiſiéme & dernier point ſur lequel vous
conceuez voſtre plainte touche l'honneur des filles ſur l'explication que vous fiſtes de la parabole
des dix Vierges. Nous aurions ſujet aſſez ample
pour en diſcourir plainement ſi la diſcretion
ne nous retenoit, aimant mieux vous reſpon-
dre auec vn antien Philoſophe Grec que de ce
ſexe on en doit plus penſer que dire, & que
la liberté de langue n'y eſt pas bien ſeante, ce
qui nous fera laiſſer ce point indecis, remettant le
ſurplus au liberal arbitre de nos femmes & filles à
vous en minuter & dreſſer vne replique ſi bon
leur ſemble, ſçachant bien qu'elles ont aſſez bonne teſte pour ne ſ'y pas eſpargner quand beſoin
ſera, capables d'immatriculer dans l'emboucheu-
re de leurs chaperós tous ceux qui par opiniaſtre-

té voudront hurter leurs esprits acatlastres. Dieu
vous preserue de leur furie, & vous deliure de cet
orage. Nous nous contenterons nous autres de
vous faire voir l'impertinence de voltre prouerbe. *Vox populi, vox stultorum.* (car il souuient toul-
iours à Robin de ses flustes.)

Quelle raison, beau pere, vous a poussé à cháger
Dieu de sa place pour y loger les sots, outre que
selon nostre vulgaire sentiment, c'est vne impieté
tres-gráde, vous resmoignez, ou du moins voulez
feindre ignorer les causes qui ont esmeu l'antien-
neté à faire ce prouerbe. Ne sçait-on pas bien que
sous le mot de peuple s'entend toute communau-
té, & que les plus belles & sainctes actions ce sont
toulsiours faites deuant le peuple, & pour le peuple. Quand Dieu a voulu faire descédre du ciel sa
máne celeste, n'a-t'il pas voulu faire ceste largesse
& conferer ceste grace deuant le peuple, & pour
le peuple? D'ailleurs qui ne sçait que la renommée des hommes de bien depend d'vne populace, qui bien que distinctemét separee en plusieurs
endroits s'accorde souuent en vn seul & mesme
aduis, plus par miracle & permission diuine, que
par raison probable qu'on puisse alleguer. Et c'est
à nostre aduis vne des raisons fondamentales de
ce prouerbe, *Vox populi, vox Dei.* Comment expli-
querez-vous, ie vous prie, la Prophetie dans la
Passion de nostre Sauueur exprimée par ces mots.
*Expedit vt vnus homo moriatur pro populo.* Il est expe-
dient & necessaire qu'vn homme meure pour le
peuple, si ce n'est à la gloire & aduantage du peu-

ple, tous les Princes & Monarques ayants esté compris sous ce mot *populo*. Quand Iesus-Christ a voulu prescher & enseigner sa doctrine, n'a-ce pas esté le plus souuent *coram omni populo*, deuant tout le peuple? Entre tous les estats & gouuernemés celuy de la Democratie a-t'il pas fleury tousjours auec plus de loy & d'équité que nul autre? Et ne vous sert de rien d'alleguer les exemples de quelque nombre de gens illustres qui auroient esté mal traitez de leur patrie & bannis par le peuple, d'autant que ceux qui curieux voudront lire les histoires pour vn innocent Capitaine ou legislateur banny ou mal traitté du peuple, ils remarqueront en contr'-eschange vn cent du commun de la populace lesquels auroient esté condamnez & menez au supplice injustement & tyranniquement, soit par la volonté & puissance absoluë des Monarques, ou par l'authorité des Cours souueraines.

Mais puisque vous remarquez en nous tant de deffauts que nous sommes si malicieux & ennemis de la vertu, pourquoy auec tant de soin desirez-vous nostre hantise & familiarité? A quel propos toutes vos brigues & menées? Ne craignez-vous point que nostre malice gaste & corrompe par la trop grande familiarité vostre bonté & vertu? Quand pour nous à la verité nous souhaitterions tant pour vostre interest que pour celuy de tout le peuple, que les aires & planchers de nos maisons ne fussent si souuent baliées des longs frocs & robes de ceux de vostre vacation, de ceux-

la , dis-ie , qui negligent le plus ſouuent le ſeruice
de leurs cloiſtres pour venir ſeruir d'entretien aux
maiſons & compagnies particulieres , voulant
meſmes ſ'immiſquer & parler des affaires plus ſe-
crettes d'vn meſnage , choſe qui ne leur eſt moins
ſcandaleuſe que pernicieuſe , pourroit eſtre la
permiſſion que les meres donnent à leurs filles
d'aller viſiter en particulier leurs peres Confeſ-
ſeurs, ainſi que vous remarquez dans voſtre liure.
Cecy ſoit dit neantmoins en paſſant , non à deſ-
ſein de ſcandaliſer tous les bons Religieux qui cõ-
me vous viuent ſainctement & en toute pureté
de conſcience; Car nous proteſtons deuant Dieu
& les Anges d'eſtre vrais Catholiques, Apoſtoli-
ques & Romains , nous n'entendons parler que
contre ceux qui pourroient mal vſer de telles pri-
uautez: leſquelles neátmoins nous ne deſapprou-
uons , quand quelque vrgente neceſſité les y ap-
pelle , ou qu'ils en ſont conuiez, mais non par vſa-
ge & couſtume , de crainte qu'*vſus* ne ſe trouue
*abuſus*. Nous en laiſſerons la cenſure & reforma-
mation au Pere Berulle , ſi bon luy ſemble , & re-
prendrons le fil de noſtre diſcours, vous donnant
aduis que depuis l'interpretation que le docteur
Tabarin fiſt de voſtre prouerbe, *Vox*, *&c.* à nos
femmes, elles n'ont ceſſé de veruer enſemble ſur
ce ſujet.

Vn iour entr' autres dame Guepine prenant la
parole, comme la plus qualifiée, ſ'adreſſa à noſtre
commere la Parpignette, luy diſant: Eſt-ce toy
hipocrite & bigotte qui par ton hipocriſie & fre-

quent pelerinage donnant ombrage de quelque
randez-vous secret as causé ce scandale en la
bouche de ce bon Pere? Et toy dame Guepine, res-
pondit l'autre, tournant la queuë de son chappe-
ron, seroit-ce point ton caquet & babil impor-
tun, quand tu vas entretenant les compagnies de
maison en maison des amourettes de la ieunesse
de ceste ville, qui peut auoir obligé nostre Predicateur à faire ce mauuais iugemét de nous autres?
Ce n'est pas tout, cela dit, lors la dame Lubie en se
leuant sur ses argots, c'est le peu de semblance
qu'ont nos enfans à nos maris, c'est ce qui l'oblige
à soupçonner mal de nos consciences, croyant
que nous auons recours à l'aide du voisin quand
ceux du logis manquent à l'ouurage. Tels & sem-
blables discours ont tenu nos femmes depuis vô-
tre remerciment, laissant tousiours eschaper quelque vindicte & injure contre vous en recriminát.

Mais si elles ce sont trouuées scandalisées de
nous voir ainsi par vous vesperisées & baptisées
d'vn si beau nom, bien qu'elles eussent eu quelque plaisir à nous faire porter ce beau titre de sot;
combien à plus iuste raison, nous qui aurions esté
peres souffrans, deurions nous nous aigrir contre
vous, nous n'en ferons pourtant rien, aimans
mieux attribuer cette faute à la promptitude &
viuacité de vostre esprit, qu'à vne volonté deter-
minée de nous offencer: D'ailleurs nous desirons
pratiquer cette loy, *Obedite præpositis vestris*, obeis-
sés à vos Superieurs: Nous aurons plus de gloire
& de merite, de souffrir auec patience & humilité,

té, que de nous aigrir auec fureur & paſſion, de
peur qu'en conteſtant, nous ne ſemblions eſtre
de nature reueſche, ingratte, & barbare, comme
vous nous figurez. Nous deſirons, adouciſſants
nos courages en toute humilité, vous randre vn
teſmoignage du proffit que vous auez fait en nos
ames, par vos ſainctes Predicatiós, prenants pour
nous le Verſet que vous auez allegué, *Beati eritis
cum maledixerint vobis homines, & dixerint omne malum aduerſum vos,* vous ſerez bien heureux quand
on vous publiera les plus malheureux & malicieux du monde, & quand on dira de vous tout
ce qui ſe peut imaginer d'inique & de méchant.

Conſolés de ceſte promeſſe, qui vient de la part
de Dieu, nous vous ſupplions tres-inſtamment,
d'oublier tous les deffauts que vous auriez peu
remarquer en nous, *ſicut & nos,* & laiſſants les
plaintes & reproches aux peuples plus ruſtiques &
barbares, nous vous conjurós par les entrailles de
noſtre Sauueur Ieſus-Chriſt, & par l'amour & charité fraternelle, de continuer touſiours le zele &
l'affection que vous nous auez témoigné auoir,
au ſalut de nos ames.

Nous n'ignorons pas que cette Reſponſe pour-
ra exciter en vous quelque chaleur de foye, &
vous donner enuie de nous faire encore ſentir le
puiſſant foudre de voſtre éloquence, mais pour
l'amour de Dieu & de voſtre prochain, eſpargnez
vne pauure & imbecille populace, temperez l'ar-
deur de voſtre fiéure, non des eaux de contradiction, mais des eaux de mortification, vous me-

C

riterez enuers Dieu, & le peuple vous benira, vous couperez le cours à l'enuie & à la médisance, vice qui ce pratique trop communément dans le monde, mesme, si nous l'osons dire, parmy certains Religieux, qui ne cherchent que nouueaux pretextes, pour drapper la reputation de leurs confreres, ne trouuant rien de bien dit, que ce qu'ils disent, ny de bien fait, que ce qu'ils font.

Quand pour nous, nous croyons tous les Predicateurs gens de bien, & tous cheminants dans la voye de saluation, estants approuuez de leurs Superieurs, nous les voulons croire égallemant, poussez de zele & d'affection au salut de nos ames, quelque déguisement qu'ils apportent à l'Escriture, pourueu qu'ils suiuent tousiours le sens commun de l'Eglise, nous le trouuons de bon goust & de bon suc, soit qu'ils vsent de sucre ou de sel, & croyons que, soit qu'ils logent sous la palme, l'oliuier, le laurier, ou soit qu'ils reposent à l'ombre du houx & de l'églantier, s'il y a de la difference entre eux, c'est à leur methode & à leur stille, selon la difference de leurs esprits & non à leur doctrine, laquelle nous voulons iuger estre vniforme à la foy vniuerselle de toute l'Eglise; C'est le sentiment commun de chacun de nous, duquel nous auons desiré vous donner cognoissance, pour vous oster tout ombrage & défiance d'vne opinion contraire; Esperans qu'apres cet adueu & confession generalle, par vne componction & ressentiment de nostre innocence, vous redonnerez le premier lustre à nostre

prouerbe, & direz auec nous, & auec l'Eſcriture
ſaincte, *Vox populi, vox Dei*, la voix du peuple, la
voix de Dieu.

Que ſi meſpriſant nos populaires, mais tres-
veritables ſentiments, vous perſiſtez en voſtre
opinion, & ſi eſmeu & picqué de ceſte reſponce,
bien que tres-iuſte & peu mordiquante, nous
eſtimants turbulents, ſeditieux, ingrats & barbares, vous voulez de nouueau fulminer contre
nous, outre que *Octipedem excitabis irritabisque era-*
*bromes*, vous entreprendrez vne Illiade de repli-
ques & de dupliques, quand bien il n'y auroit
que nos femmes, qui voudront à leur roolle faire
paroiſtre leur bel eſprit & leur éloquence par de
iuſtes reſſentiments.

Si doncques vous auez en recommendation
l'honneur de Dieu & du prochain, & ſi vous
cherchez voſtre gloire & noſtre repos, auant que
vous embarquer & faire voile en ſi perilleuſe &
tempeſtueuſe mer, vous conſidererez les eſcueils
& caphares rochers que vous y pourrez rencon-
trer ; En cette affaire prenez aduis de Plaute quãd
il dit,

*Bachæ bachanti ſi velis aduerſarier*
*Ex inſana inſaniorem facies : feriet ſæpius*
*Sin obſequaris, vna te ſoluas plaga.*

Praticquez le conſeil que donne cet adage d'E-
raſme, *Malum bene conditum ne moueris*, puis à voſtre
exemple, nous apprendrons à moderer nos paſſions, & reglerons nos actions au niueau de la
modeſtie, afin que tous vnis par vne meſme foy &

charité, nous puiſſions dire auec Dauid, *Ecce quàm bonum, & quàm iucundum, habitare fratres in vnum.* C'eſt le ſouhait de

> Vos tres-humbles, & tres-affectionneZ auditeurs,
> Les habitans de Bretheüil.

Ce 23. Auril 1622.

---

> Nous diſputons le logement
> Que vous aueZ pris pour retraitte,
> Vous vous logeZ trop largement
> Portant ſi petite malette.
>
> Vn autre pour departement
> Se fuſt logé ſous le feüillage
> Du houx touſu, & ſi content
> Il euſt eſté de ceſt ombrage.

www.ingramcontent.com/pod-product-compliance
Lightning Source LLC
Chambersburg PA
CBHW072219210626
46818CB00014BA/2802